사람을 사랑해도 될까

사람을 사랑해도 될까

손미 시집

민음의 시 256

민음사

이 말들을 증인으로 세워 두고
나는 움직인다

2019년 5월
손미

차례

2부 나는 무엇이 되어 가는가

3부 너는, 나지?

발문 | 이영주

1부
이제 두 사람은
내 것이다

옥수수 귀신

아무도 얘기 안 했어
장례도 없이
환생도 없이
같은 몸에서
몇 번이나 죽을 수 있다는 걸

여러 개의 문을 열어도
아무도 말 안 했어

깜깜한 방에서 웅크리면
나는 절반밖에 없다는 걸
어둠이 나를 파먹고 있다는 걸

한번, 찢어 본 적 없는데
팔다리도 흔들지 않는데
저 안의 옥수수는
정말 살아 있나?

외투 속 나는
정말 살아 있나?

편두통

지난여름
야구장에 앉아 땀을 뻘뻘 흘렸지
도루, 도루, 머리를 찍어 대며
햇빛이 타들어 왔지

우리는 외야를 향해 박수를 쳤지
도망갈 수 있을 것처럼

못 참겠다
너는 일어나서 쿵쿵 걸어갔지
그쪽으로 야구장이 기울었지

미지근한 맥주와 너의 스위스 칼과 나의 흰 팔이 한쪽
으로 쏟아졌지

어? 반칙 같은데?
뒤집힌 곤충은
곧 먹힐 텐데

나는 자주 엎드려 울었지

함께 누우면
너의 몸에만 빛이 쌓여
네가 금방이라도
빨려 올라갈 것 같았지

물의 이름

수영을 한다
내가 찔러서 물이 아프다

발전소에서 솟구치는 수증기처럼
나는 나를 밖으로 빼내려 해 보았다
그런 연습만 하는 하루도 있었다

해변에서 맨발로 걸었다
내가 닿아서 네가 아프다

화장실에서 자주 울었다
유령선이 떠내려오고 있었다

땡그랑땡그랑
배수관을 타고 이쪽으로 온다

하루에도 몇 번씩 세수를 한다
얼굴을 가리면서 오는
물의 속을 뒤지면

내가 만져서
물이 아프다

깜빡깜빡 불이 꺼진다

몸을 씻을 때
등을 톡톡 치는 물방울

거기 누가 들어 있나

맥박이 뛰어서

두드리며
이름을 불러서

끌려나오는
모든 물이 아프다

아무 날

케이크를 자를 때

여기가 맞나
칼을 대고 망설이는 곳에서
맥박이 뛰고 폭죽이 터지네

손목에 힘을 주면
조금씩 열리는 골목에서
당신이 막, 사라졌고

빈 곳을 메우기 위해
목이 찢어져라 노래를 불렀네

케이크를 자를 때
내 앞에는
매번 다른 사람이 앉아 있고

칼을 대고
혹시 여기 있나

망설이는 곳에서
흰 모양을 그리고
누워 보네

스카프 하나가 오래오래
빵 사이를 날아가네

이 초를 끄면 영영 못 볼 것 같은데

우리가 축하를 할 때
머리 위로 몇 번씩 칼이 떨어지고

너와 나는 갈라지네

못 찾겠다 꾀꼬리
목이 찢어져라 노래를 부를 때

찾았어? 당신?
칼날이 서경서경 떨어지며

묻네

케이크를 자를 때
땅이 흔들리고

가장 깊은 곳에서 소원이 으깨지네

발자국도 없이
또
생일이 오네

공

공놀이 시간, 네트를 넘어 모르는 공이 떨어졌다. 아무도 가져가지 않는 도형이 울먹인다.

떼어 내야 하는데 받침도 없이 받쳐 주는 것도 없이 날아왔는데, 내 분비물을 먹고 풀이 자라야 하는데, 뒤덮어야 하는데, 사라져야 하는데, 모서리에서 처형당하는 그림자와 함께 돌아가야 하는데, 나를 만들던 사람을, 만들던 사람을, 만들던 사람을, 만났던 유일한 공.

죽지 않는 사람들에게 당신도, 당신도 공이라고, 말해 줘야 하는데, 받침도 없이, 받쳐 주는 것도 없이 굴러가고 있는 당신에게, 매일 같은 복도를 걸어갔다가 되돌아 나오는 당신에게, 당신도, 당신도 공이라고 말해 줘야 하는데,

때리고 때리기만 하고, 받침도 없이, 받쳐 주는 것도 없이 떨어지는 공, 병실에서 공이 분만하는 공. 공을 닮은 공의 얼굴에 묻은 손자국들.

어떤 육체가 처음으로 제 자신을 끌어안고 굴러오는데, 누가 파먹었을까. 저장된 방향을.

다시 태어난다는 것은, 다시 태어난다는 것은, 입구를 찾고 있었는데, 언젠가 찢고 나온 입구가 있었던 것 같은데, 거기로 가야 하는데, 출석하고 싶은데, 수북한 풀로 뒤덮인 거기로 가야 하는데.

최선

금방 갈게
뒷자리에서 누가 속삭인다

교각 위에 멈춘
버스가 출렁인다
꽃잎이 흩날린다

이 공중을 네가 찾아낼 수 있을까

금방 갈게
그렇게 말하던 너는 오는 중이고

나는 노인이 되고 있다

우주가 팽창해서
모두 멀어지고 있다고
오래전 네가 말했었다

버스가 서 있고

쿵, 쿵 누가 오고 있어
다리가 출렁인다

너는 살아 있는 것 같다

돌 저글링

오늘은 달 대신 바위가 떴다

애인은 급히 방을 찾고 있다 바위에서 돌멩이들이 떨어
진다 점을 치는 것이다

애인과 여자는 욕조 하나를 얻었다 나도 따라 들어갔다
셋의 차가운 무릎이 닿는다

알죠? 나 언니 돌로 찍고 싶은 거? 언니만 생각하면 가
슴 터질 것 같애 매일 언니 인스타 뒤져요 둘이 있을까 봐

욕조 위에 바위가 떠 있다 바위엔 얼어 버린 동물과 참
고 참아서 쌓인 사람들

식어 가는 물속에서 누가 누굴 사랑하는지 모른 채, 우
리의 무릎이 닿는다

어두운 데 웅크리고 있으면 팔과 다리가 붙고, 무거워지
고, 그건 바위 같고, 빠지면 절제가 안 되고, 멈춰지지 않고,

알죠? 언니? 그럼 그런다면서요? 나보다 돈 많으니까

언니 외로워서 그런 거잖아? 나 언니가 쓴 글 다 뒤져서
읽어요

나는 애인을 만지는 언니를 만진다

돌멩이가 떨어진다

서로에게
저를 던지면서
충돌한다

우리는 다 저기서 떨어졌으니까
어차피 하나였으니까

오늘은 가지 마요 언니
살점이 떨어져도
사랑은 해야 하니까

가까이,

제일 가까이 있어요

박 터트리기

나를 떼어
한 주먹씩 던지는데
못 가고
돌아오는데

내 주먹에
내가 맞는데
콩 주머니들이
쏟아지는데

이런 모습은 상속되던데

마침내 나는
터질 수 있을까?

혜성은 매일 다가오는데

우리 집 대문에
붉은 동그라미가 생겼는데

여기로 떨어지라는 것인데

네가 휴대폰에서 쏘는 총알은
내가 다 맞고 있는데

꼭꼭 숨어라
머리카락 보일라

혜성은 가까워지는데
버스 크기라던데

명색이 축제인데
던지는 건 되돌아와

매일 맞는데

너는
왜 안 터지나

나는 그 속이 제일 궁금한데

이제 시간이 없는데
너는 왜 안 나오나

냉장고 속 알은 다 터졌고
대문마다 빨간 동그라미
집집마다 거울은 두고 갔던데
다 깨졌는데

거울 속에
돌을 쥔 손 하나
나를 보며
바들바들 떨고 있는데

너는 우리 집을 부수고 집을 짓던데
큰 집이던데

가슴을 주먹으로 치면

여기로 와 터지라는 말인데

매일 혜성이 오고 있는데
너의 큰 집에
떨어졌으면 좋겠는데

그럼 네가 나올 텐데

정형외과

엑스레이를 찍는 동안 애인은 전시회에 갔다
그림하는 여자를 안아 볼까 하고

나는 숨을 참고 서 있었다
매일 가로등이 켜져서
어둠은 깜짝 놀란다

여기서부터 여기까지거든요
의사는 내 등뼈에 선을 그었다

배를 까고 떠오른 물고기는 반듯했다
너는 그런 수족관 앞에서 머리를 만졌다
그림하는 여자를 안아 볼까 하고

나는
움직이지 않고 서 있었다

여기서부터 여기까지요
의사는 계속해서 선을 그었다

그거

이제 그만 만나

그럼 니가 훔쳐 간 거 같아

내가 뭘 가져갔는데?

몰라, 중요한 건데 없어졌어

송추계곡에서
내 슬리퍼 한 짝이 떠내려갈 때
아무도 구하러 가지 않은 그거

오랫동안 현관에 남아 있던 슬리퍼 한 짝
내가 너의 집으로 들어갈 때
무섭게 쳐다보던 그거

슬리퍼 한 짝이
파고들어 와
너와 내가 벌어졌지

우리 사이로 피아노가 떠가고
닭도 떠가고
토마토가 커지고
점점 너는 안 보였지

슬리퍼는 짝도 없이 물속을 걷고, 또 걸었어
귀퉁이를 물고기가 먹어서
나는 시장에서 고기를 샀어

아직 살아 있을까 봐

밤이 되면
슬리퍼가 절뚝이며 침대로 걸어와
등 돌린 우리 사이로 지나가고
닭도 떠가고
보트도 떠가고
뒤집힌 사람도 떠갔지

비집고 들어갔던 발을

오래 먹던
물고기를 샀어

혹시 아직 살아 있을까 봐

거기 뭐가 들어 있는데?

몰라, 중요한 건데 없어졌어

사람을 사랑해도 될까

사람이 죽었는데 사람을 사랑해도 될까. 밤을 두드린다. 나무 문이 삐걱댔다. 문을 열면 아무도 없다. 가축을 깨무는 이빨을 자판처럼 박으며 나는 쓰고 있었다. 먹고사는 것에 대해 이 장례가 끝나면 해야 할 일들에 대해 뼛가루를 빗자루로 쓸고 있는데 내가 거기서 나왔는데 식도에 호스를 꽂지 않아 사람이 죽었는데 너와 마주 앉아 밥을 먹어도 될까. 사람은 껍질이 되었다. 헝겊이 되었다. 연기가 되었다. 비명이 되었다 다시 사람이 되는 비극. 다시 사람이 되는 것. 다시 사람이어도 될까. 사람이 죽었는데 사람을 생각하지 않아도 될까. 케이크에 초를 꽂아도 될까. 너를 사랑해도 될까. 외로워서 못 살겠다 말하던 그 사람이 죽었는데 안 울어도 될까. 상복을 입고 너의 침대에 엎드려 있을 때 밤을 두드리는 건 내 손톱을 먹고 자란 짐승. 사람이 죽었는데 변기에 앉고 방을 닦으면서 다시 사람이 될까 무서워. 그런 고백을 해도 될까. 사람이 죽었는데 계속 사람이어도 될까. 사람이 어떻게 그럴 수 있어? 라고 묻는 사람이어도 될까. 사람이 죽었는데 사람을 사랑해도 될까. 나무 문을 두드리는 울음을 모른 척해도 될까.

모퉁이에 공장

속에 있어 넌 하루의 대부분

이거 봐
나는 또 자란다

네가 종일 만드는 게 무엇이냐?
너는 바쁘게 움직여야 한다
어제 죽은 사람 자리가 비어서
한순간도 날 생각할 수 없다

한 번씩 잘려 본 곳에서
연기가 올라온다

너는 아직 거기에 있다

뭐가 될지 모를 것을 자르고 붙이면서
너는, 공산품을 먹고 자란다
공산, 공산?
너는 누구 편이냐?

뉴스에 나온 사망자 명단에 없어서
너는 오늘도 안 온다

모퉁이를 돌면 공장은 크고
나의 사람은 다 거기에 있어서
굴뚝에 연기가 오른다

굴뚝, 굴뚝?
굴뚝을 관찰하는 의도가 무엇이냐?

사랑,
사랑?
그런 건 모퉁이 돌아 공장에

거기서 뭐가 될지 모르는 사람이
계속 생긴다

방석

앉았던 자국이 지워졌다
가서 오지 않는 사람처럼

네가 밀면 나는 바닥이다
반성하는 자세로 너를 본다

한 번도 만난 적 없는 사람들이 긴 꼬리를 덧바르고 갔
다 거기에 엉덩이를 대고 너와 밥을 먹다가

어떤 날엔 방석에 앉아 사주를 밀어 넣었다
우리는 어떻게 될까요?
우리는 너무 무겁습니다

실밥 터진 방석이 쌓인 식당처럼
기압이 높아 저절로 납작해진다는 어떤 행성의 생물처럼

딱딱하게 겹쳐지며 안심한 적이 있다

방석에 빠져 죽을까?

온몸에 힘주어 서로를 밀면서
그걸 사랑이라 불렀다
내 모양만 찍으려 하고
사지를 벌리고 깔린 맹수의 가죽처럼
한 번도 투명해지지 않으면서

앉았다 일어나도
자국 하나 남지 않는
방석이 있었다

사혈(瀉血)

죽었어요. 빼 주세요.
너의 몸통을 피워 무는데
피부 속에서 무언가 속삭인다.

…살아 있어…

이불 밖으로 빠져나가며
깊게 찌르는 너는
피도 없어 보인다

문밖에서 자동차가 뒤집힌다.
네가 들어 있었으면 좋겠다.

옥상에서 벌벌 떨며 풀이 자란다.
자꾸 죄가 생긴다.

막, 달에서 떨어진
한 마리가 깨지는데
저 따뜻한 해골을 쪽쪽 빨고 싶다.

헝겊 인형을 찌르는 동안
아직도 내 꿈은 식물이 되는 거라고
껍질 같은 이불이 말해 줬다.

그런데 너는 언제 식어?

병신아
니가
힘주고 있잖아.
못 가게.

24시콩나물국밥

너는 나를 훔쳤다.
배가 고파서.
나를 훔치고 너를 넣으려고.
지구가 돌아서 나는 자꾸 넘어졌는데
너는 내 손을 끌고 몇 개의 횡단보도를 건넜다.
뒤에서 엄마가 보고 있다.

너는 나를 마음대로 불렀는데,
그게 내 이름이 됐다.

네가 도착하려는 숲이 계속 이사를 가서
너는 바닥에 귀를 대고 찾는다.
GS편의점 옆에 맛나김밥 옆에 24시콩나물국밥 옆

함께 걷는데 너에게만 눈이 내리고 눈이 쌓인다.

잠깐만,
나는 24시에 너의 팔꿈치를 잡았다.

우린 가끔 밥에 김치를 올려 주고
숟가락을 던지고
다시 주워서 국밥을 뒤적인다.

도착하려는 곳이 여기 있지 않을까?

거기가 여기일까 봐
좆나게 무서워.

24시에 나는
네가 밀고 나간 미지근한 손잡이를
잡고 서 있었다.

잠깐만,

너는 손에 힘을 푼다.
놔줄 것처럼.

불타는 사람

어디에서 오는 길이니
오늘 아침 깨진 다락에서

제사에 쓸 돼지는
연기를 뒤집어쓰고
달아났다

어디에서 오는 길이니
종일 널 기다리다가 나는
고기처럼
작아졌다

안부가 없는
고기처럼
조용했다

밀린 급여 좀 입금해 줘요
열세 번째 전화한 것이
하루 일과였다

불붙은 몸으로

하루를 보내다가
불판을 두고 너와 마주 앉았다

어디에서 오는 길이니
그런 걸 물어볼 사이는 아니니까
쪼그라드는 피부만 본다

불붙은 몸만 본다

한마음 의원

흰 달이 돌던 밤
의원에 누워 있는 너의 머리에 수건을 얹어 주었다
거기에 내가 들어 있지 않았다

밖에서 아이들이 공을 찼고
너는 머리통을 움켜쥐었다

다큐멘터리에서는
방금 멸종된 종족을 보여 주었다

우리는 끝까지 살아남을 수 있을까

안 사랑하는데
여기 있어도 될까

머리와 머리가 부딪혀 깨지는데
흰 달이 도는데
네가 누워 있는 여기로 아무도 오지 않았다

수건을 다른 방향으로 접어
너의 머리에 얹어 주었다

병이 없었다
그래서 우리는 슬펐다

창문

너는 정말 밖인가
천천히 밀어내고 있다

우리가 뺨을 대고 서면
서로를 그으며
두 대의 기차가 지나간다

모래알이 소름 소름 떨어진다

너는 정말 밖인가
너는 나를 두고 깨졌다고 말했다

기차에 앉아 손을 흔들면
너는 항상 창문 밖으로 사라졌다

너와 나 사이에 자를 대고 주우욱 긋는다
우리는 각, 각이 된다

밖은 정말 밖인가

누가 먼저 나갔나

우리가 포옹하면
공이 날아와 뺨에 박힌다

우리는 떨어진다
죽여 버린다는 말도 없이

질투
— K에게

육체는 흘러가고 있었다
모든 것은 흘러가고 있었다

발이 푹푹 빠지는 눈길을 두 사람이 걸으므로 내가 찢
어지던 사흘

깎아 놓은 사과가 바짝바짝 마르던 사흘

두 사람이 내 목구멍으로 걸어 내려간다 뼈를 꺾어 집
을 짓고 살을 파서 밥을 해 먹는다

응고되지 않던 사흘
밤이 오지 않던 사흘
웅덩이에서 순록 한 마리가 서서히 죽어 가던 사흘

저 두 사람이 평생 여기에 살 것 같다

머리를 흔들면
하류로 떠내려가던 것들이 역류한다
이제 두 사람은 내 것이다

2부
나는 무엇이 되어
가는가

통근 기차

승객 여러분 뼈를 깨끗이 씻고 탑승하기 바랍니다
우리는 등을 보며 육류비빔밥을 먹을 것입니다
길이 없지만 출발해야 합니다

누군가 기차를 잡고 앞으로 밉니다
우리는 출발합니다
살러 갑니다
내 머리를 잡고 꿈틀거리지 좀 마세요

숨을 참으면 연해질 수 있습니다
더욱 부드러워질 때까지
핏물이 빠질 때까지
썰기 좋은 고기가 될 때까지
한 끼의 밥이 되기 위해
우리는 매일 출발하고 있습니다

기내식은 육류비빔밥
우리는 출발합니다
제발 움직이지 마세요
너무 무섭습니다

빈집에 물방울이

똑, 똑, 똑,

저 소리가 나를 가져가려 발을 든다

수도꼭지가 눈을 뜬다
이렇게 길게 헤어질 수 있다

긴 얼굴 하나
떨어지고 있다

나는
조금씩 저쪽으로 떨어진다
방울, 방울 몸을 나눠
떨어진다

종일 콜센터에 전화를 걸었다
수도 좀 교체해 주세요
안 됩니다
이 혀 좀 잠가 주세요
할 수 없습니다

이것은 작별입니까

똑, 똑,

길쭉해지고 있다

뿔을 잡힌 채
한 방울씩 떨어지고 있다

대낮에 이불을 덮고
물방울 떨어지는 소리를 듣는다

쪼그리고 앉아
머리를 감을 때
물의 악조를 따라
핏방울이

똑, 똑,
저쪽을 노크한다

목요일의 대관람차

방에서 방으로
이사 다니고 있어

여전히
가난해

우리는 하나씩
문을 열고
들어가

사랑을 했지
몰래몰래

누가 너를
살다 갔나

이토록 꽉
찰 때까지

나는 이제
쫓는 건지
쫓기는 건지

잊어버렸다

빈 목마가
회전을 해서

간다던 사람이
다시 온다

어쩔 수
없다는 듯

문을 열고
닫으면서

몇 번이나
사는 것 같은데

어쩔 수 없이

가위를 씻다가
물을 잘랐다

방이
끊어진다

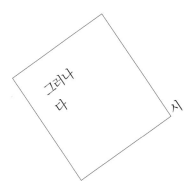

그러나
다

시

전람회

한번 만나요
매일 멸망하고 있으니까

안 그러기로 했는데
만나자고 해서 미안해요
북반구가 흩날리는 미술관에서
등에 붙은 꿀벌은 비상구로 날려 주고
한번 만나요

아직 돈이 없어서 미안해요
옷에 불을 질러서 미안해요

사람들이 울먹이며 복음서를 읽는 세기말이니까
땅이 뒤집혀 생긴
추상화에서 봐요, 우리

해골이 얼마나 자랐는지 보여 줘요
살았는지 확인해 보려고
어깨를 건드리는 거리에서

당신이 돌아보았을 때
종말을 전시하는 비엔날레
현수막이 펄럭인다면
여기가 세상 끝이니까

하늘에서 윙윙 벌이 쏟아지니까
더 움직일 수 없으니까

재난 경보음이 울리는 미술관에서
한번 봐요, 우리

밖에서 보자고 해서 미안해요

살아 있는 당신을
오래 관람해서 미안해요

창밖은 부옇고
우린 더 이상 알아볼 수 없으니까

딱 한 번만
만나요

판화

나를 파 줘
이게 첫 임무다
육신을 쪼갰어
침투한다 피가

밀어내고
밀어 버리고
통과하려 한다
껍질을 뜯으면서

당신은 왜 나를 왜 밀어 두는가
왜 빠져나가려 하는가
아직 살아 있는 나무의 말

파고들면 슬픈 일이 생겼다

우리는 같은 판 위에서
사지를 물어뜯고
서로의 주름진 곳을 사랑했다

스토브 하나 없이
협곡을 걷던 족속이
사라진 곳

한때 오래 머물던 곳

오목한 길을 따라와
거기에서 기다릴게

출혈하는 저 나무와
나는 어떤 관계야?

몇 번이고 반복되는
이 길에서
너를 만날 때까지
얼굴에 어둠을 발랐다

나를 파 줘
더 깊이깊이

파고들게 하는

죄 많은 거기를

조립

나는 나를 해체하고 있다

팔은 가슴을 쥐어뜯으며
안으로
안으로 들어갔다

만지고 온 것들

나는 어디에서 시작한 걸까
그곳을 찾으려 했다

네가 두고 간 건담을 분해한다

여기서 매일
다리가 떨어지고
분화구가 터진다

이 속에서 나를 베어 낸다
살코기를 받아먹고

새들은 날아갔다

무섭고 조용한
슬픔은 어디에서 시작되는가

부품을 만지던 손
만지고 온 것들

여기는 매일 눈이 내린다

나는 무엇이 되어 가는가

눈 덮인 사람을
쇠꼬챙이로 깊이 찔러 본다

피투성이 식물

머리를 잘랐다
목 주위로 가위가 둥글게 지나갔다
같은 동네를 몇 바퀴나 돌았다
서걱서걱 길을 자르며 걸었다

컵의 테두리를 둥글게 돌던
너의 검지, 손목, 팔꿈치, 어깨,
다시 팔꿈치, 손목, 손가락
빙글빙글

내게서 빠져나간 길이
사거리를 지나
밖으로 간다
너를 매달고 간다

나는 너를 잡아와
소독한 내 위에 올렸다
매끄럽고 반듯하게
싹뚝싹뚝

피투성이가 됐는데도
끊어지지 않는다

어떻게 잘라 드릴까요?
안 보이게요
없어지게요

너를 찾아
동네를 몇 바퀴나 돌았다

국을 끓여야지
고기 끊어 가는데

머리 자르러 오세요
전단지가 펄럭인다

흔들다

버스 운전사가
맞은편
버스를 향해 손을 듭니다

복도에서 우리는 모르는 척 지나쳤습니다

생선 옆구리에 박히는 칼날
흔들리던 몸은 두 개가 되었습니다

살을 씹는 너의 볼을 봅니다
너를 보면 나는 아직 흔들립니다

불빛들은 사납게 달려옵니다

우리 중 누가
똑바로 가고 있습니까?

버스 운전사가 다가오는 불빛마다 손을 듭니다
아무도 없는 긴 도로를 향해

자신의 절반을 향해
번쩍

아무도 없는 정류장

버스에 두 자리가 비었고
나는 저기 정류장에
서 있는 나를 봅니다

정말 따로 갈 수 있습니까
왜 내게서 너 같은 게 떨어집니까

전구

거기, 누구야?
익숙한 냄새네?

사타구니를 지나
아무 데나 떨어지는

노랑

어디서 와?
입은 어딨어?
털어도 떨어지지 않고
손톱 밑에서 똥구멍에서 흘러나오네

거기, 누구야?

만지고
찍고
적시고 휘감고
뒤집어쓰게 하는

노랑

당신이
긴 목을 드네
차가운 색이 나를 묶네

방 가운데서 나를
끌어안고 우네

반구대

널 찾고 말 거야
지금 저기, 폭죽을 따라

너 없는 동안 자주 소풍 갔다
긴 핏줄을 건너려고
저기 쳐들어오는 기차를 봐
나를 파내려고 달려오잖아

슬픔을 접목하며 길어지는

너를
파고들어가 폭발할 거야

깜짝 놀라 잠에서 깨면
저기— 면—
빠져 죽고 싶던
너의 등

파고들어 가 폭발할 거야

기차는 터지고
비행기는 떨어져

너는 아무 데도 못 간다

너의 등에
내가 찍어 놓았던 손자국

나를 불러서
소풍을 갔지

기차를 타고
돌아보지 않는 널 찾으러 갔지

서울

멀리서 왔구나. 와서 바람에 물렸구나. 어제는 유리창이 죽었고 그제는 자전거가 죽었다.

사방에서 내 이름을 부른다.

술에 취하면 모두 제 방으로 끌려갔다. 나와 자전거 혼령만 남아 있다. 무슨 일이든 일어나고야 마는 밤은 매일 뜨고 깨진다.

게스트하우스 이층 침대에 누우면 위층에 아무도 없는데 삐걱삐걱 침대가 뒤척인다. 점멸등이 내 몸을 뒤지고 있다.

여기에서 너를 생각하면 안 된다.

미안해요. 미안합니다. 나는 사방에 인사를 하는데 멀리서 왔구나. 모두 바람에 물린 얼굴로 돌아갔다.

수많은 침대 중 하나에

너는 눕는다.

그러므로
이 도시에선
너를 생각하면 안 된다.

우리는 너무 가깝다.

수원

내가 한 컵의 우유였을 때, 네가 나를, 열차의 창문에 던져 버린 수원에서, 문득 창문의 식욕이 궁금해진 수원에서

열차가 흔들리며 쏟아졌던 수원

좀 뽑아 줘. 피부 아래 흰 피가 소리치는 수원에서
여기는 내 자린데요? 내 자리라고!
거대한 아기가 입맛을 다시는 수원에서
천천히 일어나는 사람이, 자리를 뺏긴 사람이 오래 서 있던 수원

우리가 멀어졌던 수원에서 물개가 골목처럼 울던 수원에서 피가 몽땅 뽑히던 수원에서 이젠 내 자리가 없는 수원에서 핏기 없는 열차에 앉아 한참을 돌아보는 수원에서

3부
너는, 나지?

애완

내 털은 여기 반짝이고
저기 나무는 깊다

나무 사이에서 체조를 하다가
문득 내가 여기 있어도 되나
그런 것이 궁금하다

나를 마셨다 뱉는 공기를 먹고
몇 개의 화분이 죽어 갈 때

살아 있어서
나는 자꾸 들켰다

이제 올 거라고
여러 모양의 몸을 통과하면서
기다리는데
누구더라?
나무에 매달려 나를 보는
나의 주인

장마 병원

실종된 개가 나를 물고 나타났다

나는 통째로 녹아내릴 수도 있다
뼈를 태우는 공원에서 어린 동생이 울었다

오랫동안 숨이 끊어지지 않는 사람
이제 그런 것은 무섭지 않다

장마에 떠오른
발자국은 이 세상에 없는 거다

침대에 묶인 사람들이 산 채로 탔다

다 탄 사람이 덜 탄 사람을 기다려 함께 갔다
타는 사람이 천천히 손을 들어
벽을 할퀴고
불이 먹은 머리와 밤과 딸이

끈적한 살을 부딪치며

흰 잔에 절했다

침대에서 불타고 있는 사람을
오랫동안 면회 가지 않았다

비를 흠뻑 맞은 나무가
무서운 걸 그렸다며 내게 주었다

나를 그린 그림

곧은입항아리

옛날에 있었던 일이다. 내가 진흙이었을 때, 저쪽으로, 저쪽으로, 흘러가려 힘을 풀었던 일이다. 흙이 쌓이고, 거기서 뼈가 자라던 일이다.

교실 바닥에 깔린 아이가
씨팔 너는 왜 가만히 있어? 왜 아닌 척하고 있어?
나를 보며 악쓰던 일이다.

함께 파먹은 살 속에서 비밀이 커지던 일이다. 내 모양대로 윤곽이 생기던 일이다.

너, 나 알지?
아니.
너, 다 봤지?
아니.

너는 왜 가만히 있어?
따라오던 비탈이 묻던 일이다.

내가 진흙이었을 때, 태어나지 않으려고 힘을 주던 일이다. 누가 핏덩이인 나에게 옷을 입혀 놓은 일이다.

씨팔 너는 왜 거기 있어? 왜 살아 있어?

진흙에서 악을 쓰는 그릇을 들어 올리는 일이다.
잠깐 따뜻하게 감싸 쥐는 일이다.

던지려고 양손을 번쩍 드는데 그릇이 묻는 일이다.

너, 나 알지?

너는
나지?

찰흙 놀이

흙을 만집니다 겨드랑이가 떨어집니다 엉덩이 옆에 겨드랑이가 있어도 됩니까 모든 것은 불확실합니다 좆도 모르겠습니다

심장을 파먹고 남은 건 떼어 창문을 틀어막았습니다 창문에 귀가 생깁니다 심장이 갈라지며 말라 갑니다

흙을 두드립니다 맥박 같습니다 눈과 귀가 떨어지고 입이 떨어지고 너는 내 말을 안 듣고 아무도 안 듣고

살에 대해 생각합니다 얼마나 많은 사체가 녹아 있던 흙이었을까 이 가죽 속에서 짐승들이 울고 있습니다 피가 흐르는 흙을 누가 부르고 있습니다

저지대

연필이 굴러온다
어항이 굴러온다
모서리 없는 것들이 굴러온다
비탈에서 밀려나는 것부터
다른 세계가 굴러온다

나보다 큰 공이 굴러온다
공 뒤에서 누가 소리친다
아니 어쩌면 공이

야!

거기 누구야? 공 때문에 안 보여

공 아니고 씨

씨?

이걸 심자

?

여기서 다른 행성이 자랄 거야! 우리 거기서 살자

?

......

거기는, 거기는 공평할까?

연필이 굴러온다
너와 내가 굴러온다

저기서 여기로
아무도 출입하지 않는 깊은 데까지
굴러온 그림자가
저를 열어 안으로 뚝 떨어지는 여기에서

우리는 구르기를 한다

구르고, 굴러가고
굴러다니고 굴러먹다가

야!

......

아직 거기 있지?

서로를 부르며
잠시 사랑해 보는 거다

국수

역에 도착하면 밟고 온 길을 끓이자
실 하나 잡고 따라나선 날처럼

당신이 구부리고 앉아 면발을 빨 때
긴 가닥이 유일하게
당신 속을 읽을 때

혼자 걷던 길들이 찬장에 쌓여
이상하게 명이 길어질 때

앞으로, 뒤로, 같은 길을 오가며
젓가락에 매달린 국수처럼 살고 있을 때

당신이 목구멍 같은 터널에 여러 번 먹히면서
둥근 그릇을 돌고 있다면

밟고 온 길들을 솥에 구겨 넣고 우르르 끓이자 누구도
못 쫓아오게 두 손을 모으고 들어가자

늦은 밤 등을 구부리고 식탁에 앉았을 때

여기가 어디지?
당신이 화들짝 놀라 두리번거릴 때

국숫집을 지나 국숫집을 지나 또 국숫집을 지나
도착하지 않을 때
자주 흔들릴 때

국수를 빨면 면발이 끊어지고, 폭우가 쏟아져 이렇게 많
은 길이 깨질 때

빨아도 빨아도
허기가 질 때

보따리

걷어차면
저 안에서 누가 죽는다

낮고 부드러운 보따리
실종된 비행기에 실린 짐들은
어디로 갔나

보따리를 발로 찰 때 저 안에서 벌떡 서는 것
나는 저것을 안아야 하나 도망가야 하나

저 안에서 누가 피아노를 친다.
나를 둘러싸는 막

불이 꺼진 보따리
오래 이주하는 동안

때때로 짐이 바뀐다

내 보따리는 어디 있나

나는 그걸 버리러 온 건데

아무도 못 열게 꽁꽁 싸매서
모두 내 살을 뒤지다 갔다

나는 너의 침대에서
얇은 이불을 뒤집어쓴다

보따리는 움직이고
걷어차면 서고 솟아오르는데
나는 저것을 안아야 하나 도망가야 하나

던지면 사람처럼 깨질 것 같다

전구

나는 시도하려 했다
들어가고자
저 유리 안에
몸을 구겨 넣고
불타고 있는
그와 포개지고자

이 세계에서 떨어지는 법을
듣고자 하였다

거기서 끝없는 계단에 올라
그의 의자와 주전자에 닿고자

천장을 뚫고 올라가는 둥근 꼬리
그 아래
혼자 있는 사람에게
또 아래 혼자 있는 사람에게
그 아래 신발을 뺏긴 사람에게
또 그 아래 문턱을 넘는 사람에게

밀려 나온 슬픔을 보며
나 여기 있다, 없다, 있다, 없다,
깜빡, 깜빡, 알리는 사람에게

사람이라는 종기가 자라고 있다고
방문을 열면
자기 냄새가 밀려와
구역질하는 사람에게

이리 오세요
오렌지차를 끓였어요
그 세계에서 떨어져
나와 포갭시다
그런 말을,
그런 말을 하고자 하였다

9번

사슴이 죽었다
오늘 아침에

왜 안 끝나나요
매일 묻던 사슴이었다
아무도 올라오지 않는 계단에 앉아
피를 구워 먹던 사슴이었다
복숭아 가지와
몸을 바꾸려던 사슴이었다
제 다리를 쭉 찢어 먹고 싶은
사슴이었다
흙을 파고 뼈를 묻으면
사슴다운 사슴이 열리고
그 사슴이
대신 살기를
바라던 사슴이었다
뿔과 피를 내다팔고 싶은
사슴이었다
왜 안 끝나나요

집행을 시작하고 싶은 사슴이었다
아홉 번이나 다시 태어난
사슴이었다

사슴과 사슴의 등에 올라타고
썰매를 끌고 싶은 사슴이었다
뚫고 나온 자루를 돌아보던 사슴
식물을 질투하던 사슴

여기 있는 게 진짜인지
한 번씩 저를 불러 보던
사슴

사슴 아닌 사슴이
죽었다
베란다에서

양말도 안 신고

실을 굴리며 거기로 갔다
주말엔 먼 교회에 가서 울었다
나는 여기 있을 자격이 없다

메이데이 메이데이

카펫 속에서 짐승이 교차한다
교차로에서 모두 직물이 되어간다

실밥이 나온 스웨터를 입고 가로로 갔다
방금 털을 민 양이
세로로 갔다 양말도 안 신고

가끔 빠져나가려고 표를 끊는다
한 코가 빠진 하늘을 본다

나는 여기 있을 자격이 없다

메이데이 메이데이

한 번도 광장에 나가지 않은 나를 본다

옥상에서 양이

거기서 일어나는 일은 여기서도 일어난다

이게 무슨 냄새냐?
아무래도 나는 상하고 있어

나는 접시에 있다
아무도 오지 않는 식사 시간에

매일 태양이 뜨고
사람이 죽고
다시 태어나
몸에서 우유를 빤다

사람은 너무 가까워서
쉰다

상한 피를 물려주면서
우리는 번갈아 죽고 태어나고

그래서 한번 마주치지 않고
혼자 밥을 먹는다

거기서 난파된 우유가
여기 흘러넘친다

사람이 뱉어 낸 우유는
곳곳에 떨어져
아무도 안 따라간다

이게 무슨 냄새냐?
나는 아무도 손대지 않은
컵 속에 있다

매일 태양이 뜨고
상한 우유를 먹고 자란
꽃이 방울방울
떨어진다

아름답고 슬퍼서
나는 굳는다

벼룩시장

가죽 코트를 입으면
누가 나를 빨아먹는 것 같아
코트를 뒤집어 보았어

주룩주룩 비가 오는데
코트는 피가 내린다고 했지

누구의 목에 이를 박고 울던 아침

나는
없네
역시
없네

그런 안녕이 있었어
나만 결심하면 되는 안녕

코트 속에는
가죽이 걸어간 무수한 길이 쏟아져

우산을 쓰고 걸었지

코트는 어깨만 있으면 되니까
몇 번이고 몸만 바꾸면 되니까

오래된 가죽을 뒤집어쓰면
저 속에 깊은 굴
비가 내리는 굴

거기 들어 있던 사람들
내가 빠져나온 가죽
동족의 목에 이를 박고 울던 아침

코트를 입고 죽은
사람들

사울, 나 여기 있어

── 제부도

유성우가 떨어지는 해변에
우리는 나란히 누워
길 잃은 비행사에게 속죄했다
등에서 타닥타닥 별사탕이 터졌다

내 마음이 먼저 끝나게 해 주세요
우리는 각자 다른 신에게 빌었다

폭풍이 우릴 싹 먹었다

깨진 운성이
바닷속으로 추락했다

와락 쏟아지는 마음은
오래전에 죽었는데

어떤 별에선 우리가 아직 사랑하고 있다

모래알 같은 사람들은 추모의 집으로 갔는데

나는, 지금 여기 있어

왜 목매달지 않고 살아 있나
살아서 자꾸 마주치나

유성우가 떨어지는 밤
너는 내게 몸을 던진다

드문드문 사랑을 한다

너의 신이 너의 기도를 들어주었다

몸이 깨진 별들이
내게 와 추락한다

죽으려고

혼자 걷는 사람

저기 봐,
검은 하늘에 하얀 새

픽셀과 픽셀

옥수수가 우수수 떨어진다
들소 떼가 뛰어간다
픽셀과 픽셀
사람과 사람이 부서진다

모르는 발자국이 가득한 숲

무서운 픽셀들
누가 오고 있다

매일 밤
요에서 뒤척이며
굴러 나갈 방향을 찾는 픽셀

죄송합니다 잘못했습니다
세모처럼 찌르며 걸어가던 픽셀

혼자 걷는 픽셀

피거품을 뱉어서
세면대에 소름이 돋는다

아침마다 문을 열고 나갔다가
들어가는
픽셀

밤마다 식은땀을 흘리는 픽셀

픽셀 위에 잠시 포개지는 픽셀

우수수 떨어지는 새

날아가는 야구공

밖으로 끌려가는 픽셀
검은 하늘에 하얀 새

먼 훗날 발자국을 발견한 학자가
분류할 수 없음으로 분류하는
픽셀

물개위성 3

반구대

발차 신호가 떨어졌고
사람들은 쉬타를 나라고 부릅니다
비가 오면 바위에서 자라는 머리를 쉬타라고 합니다
당신은 쉬타를 압니까

어두울 때 등잔을 들어
서로의 얼굴을 확인해야 합니다.
나는 아주 많은 잘못을 저질렀습니다
아직도 붙어 있다니
물에 비친 머리를
바위에 긋는 사람을 쉬타라고 합니다
머리를 어디에 둬야 할 지
당신은 압니까

내 넓적다리를 보며 침 흘리는 동물을
내 귀가 떨어지길 기다리는 새를

나 좀 안아 줘

물가에서 속삭이는 사람을 쉬타라고 합니다
조금씩 녹는 머리를 달고
움직이지 않는 사람
그럼에도 이쪽으로 움직이지 않는 사람
오래 붙어 있는 내장을 더듬거리며
미안합니다
정말 미안해요
저쪽으로
가는 무리를
쉬타라고 합니다

당신은
쉬타를 봤습니까

회전 테이블

중국 식당에
혼자 왔는데
테이블이 돌아간다

왜 따뜻한 음식은 멀리 있나
정말 저기에 네가 있었나
서로에게 밥을 밀어 주었나
그렇게 따뜻했었나

느리게 테이블이 돌아가는데
삐걱대며 돌아가는데
목마에 앉아 한 바퀴 두 바퀴
그러면 건널 수 있다고 믿었나
만날 수 있다고 믿었나

저쪽에서 누가 울고 있나
안 보이는 거기에 넌 아직 있나
테이블은 어디서 시작하고
어디서 끝이 나나

나는 숟가락을 어디에 놓아야 하나

혼자 식사하는데
왜 테이블이 돌고 있나
허겁지겁 사랑은 끝났는데
왜 테이블이 다시 오나
저쪽에서 누가 울고 있나
젖은 테이블이 왜 이리로 오나
식은 밥이 빙글빙글 돌고 있나
왜 다시 오나

산호 여인숙

비명도 없이
핏기도 없이
산호가 죽고 있다
계단이 죽고 있다

너는 이제 무엇을 할 거니?
하루는 입 작은 벌레였다가 하루는 문고리가 되는 산
호야
창문이 덜컹일 때
섬과 섬 사이에서 어떤 인류가 멸종하는 신호라는 걸
이 많은 창문은 누가 낳았을까

산호에서 자고 나면 작은 반점이 부어오른다

나를 먹다가 어디로 갔을까
모든 것을 말해 줄 것 같은 벌레는

세 번째 너와 이별하고
굴뚝을 따라 산호에 갔다

산호로 파고드는 사람들

죽고 있는 침대로 사람들이 숨어든다
찬 뼈에 눕는다

아침이 되면 흐릿해지는 산호야
아직 숨이 붙어 있는 침대들은 어떻게 할 거니
다리도 없이 너는 어디로 갈 거니
온몸이 입이라서 울음이 새어 나오는
너는

이제 어디로 가
누구와 충돌할 거니
어디로 가 침식할 거니
퇴실 시간은 다 되어 가는데

소리와 소리

한낮, 이 건물에 소리는 혼자다.

숲에서 열매가 떨어진다.

층층 같은 방향을 향해 앉은 소리가 음소거를 누르고
두리번거린다.

내 말 들려?

덮힌 책이 들썩인다.

빈집에 음악이 흐른다.

음표들이 피부를 통과해 온다.

숲에서 나무 한 그루가 쓰러진다.

소리는 이불을 덮고 귀를 기울인다.
땅이 침강하는 소리를 듣는다.

내 말 들려?

소리는 운다.
이름을 부인한다.

여름

누가 오래 잠수하나 내기할래?

왜 그래? 살아 있는 것처럼

가라앉을래?
나처럼 죽을래?

수돗가에서 오줌을 누면 시멘트 바닥에 검은 길이 구불
구불
틈에서 나온 작은 풀이 쓰러지는데, 뭐라 말하는데, 너
무 커서 못 듣겠다
너는 내 가운데 얼굴을 묻고 뭐라 말했는데 너무 커서
못 듣겠다

나가자
나는 너를 잡고 끌었는데
징검다리를 건너다 손을 놓쳤다

미역처럼 쓸려 간 건 누구지?

뚝, 뚝, 끊기는 목소리

왜, 그러, 지?
죄다, 나, 한테, 왜, 그, 러지?

또 사람을 놓쳤다

물에 돌을 던질 때
징검다리에 젖은 발자국

따라가면 안 되는데

같이 갈래?
모르는 사람이랑 죽을 순 없잖아

물에 쓸리는 풀 하나가
툭, 툭,
운동화를

속

거기 누가 있습니까
안에서 색칠하고 있습니다

도항증을 가지고 가면
사라진 여객선이 있습니다

도미토리에서 몇 명이 잡니까
산 사람
죽은 사람
지나간 사람
태어날 사람

침수 식물은 자라고 있습니다
안에는 누가 있습니까
하지 말라는 게 왜 이리 많습니까
깨지는 줄도 모르고 사랑을 나누는
이들은 누구입니까

어떻게 빠져나갑니까

길 잃은 여객선이 여기저기 부딪힙니다
살을 찢고 나올 것 같습니다

거기 뭐가 있습니까

입구도 없는데
뭐가 이렇게 우글거립니까

통영

하루는 반짝이는 여자를 생각하며 또 하루는 허리에 돋
는 비늘을 뜯으며

우리 모두 돌아갈 수 있다면
수족관 속 장기 투숙자가
통과할 수 없는 이 도시를 몇 바퀴나 돌고 돌았다면

도마 아래로 이마가 떨어졌고 그들이 얼굴을 먹었으므
로 헤엄을 기억하는 몸이 열렸고
당신, 이렇게 많은 길을 잃었군요 여자가 멀리서 대답했다

너무 반짝여서 죽었다면, 여자의 찰랑대는 종아리에 들
어가 다시, 다시 한번 헤엄치고 싶다면

넘실대는 입구, 여기를 항구라고 한다면, 벌린 몸을 말리
며 여자를 부르는 장기 투숙자들이 제 몸을 흔드는 항구라
면, 그 표식을 따라 비밀을 아는 여자가 걸어온다면
그래서 우리, 이 벼랑에서 돌아갈 수 있다면

문

문이 열린다 네가 닫힌다
따라 나가던 내가 닫힌다

우리는 무수히 많은 문을 열고 들어가
무수히 많은 의자에 앉았었지만

벌컥 열고 들어와
누군가 너를 훔쳐갈까 두려웠다

비밀이었던 문이 삭제된다
힘주어 문고리를 물고 있던 복도도 사라진다

더는 애쓰지 말자

손잡이 떨어진 문을 사이에 두고
우리는 참 오래도 서 있었다

어쩌면 문 같은 건 아예 없었던 거다
나는 이제 네가 궁금하지 않다

고통을 받아안는 사람, 사랑을 받아 적는 일

이영주(시인)

그녀를 처음 만난 것은 합정동의 어느 노천카페였다. 나는 그녀를 보며 흰 헤어밴드가 아주 잘 어울리는 사람이라고 생각했다. 흰 헤어밴드만큼 흰 피부가 그녀를 돋보이게 한다고 생각했다. 큰 소리로 자신의 웃음을 아낌없이 나누어 주는 그녀를 보며, 저렇게 밝고 아픈 구석이 전혀 없어 보이는 표정으로 시를 쓰고 있다니…… 나는 그런 생각을 했다. 그녀는 들고 있던 분홍색 텀블러 뚜껑을 열어 안쪽을 내게 보여 주었다. 맥주 향이 올라왔다. 따뜻한 오후에 텀블러에 담긴 맥주를 마시면서 그녀는 내내 웃었다. 나는 그녀가 좋았다. 처음부터 그랬다. 어느 잡지에 발표된 그녀의 시를 읽고 먼저 연락을 했다. 친해지고 싶었다. 예민하고 날카로운 시선을 적당히 타협하지 않고 유니크하게 그

125

려 내는 태도가 좋았다. 그래서 우리는 만났다. 내가 좋아서 만난 것이다. 그녀도 나를 좋아할까?

그녀는 대전에서 세종으로 이사를 갔다. 나는 여전히 서대문구에서 마포구로 다시 서대문구로…… 울타리에 갇힌 삶을 살고 있다. 그래도 우리는 자주 만났다. 그녀가 자주 만나러 와 줬기 때문이다. 그녀가 자주 손을 잡아 주고, 팔짱을 껴 주고, 웃어 주었기 때문이다. 어딘가를 갈 때는 늘 같이 가자고 먼저 말해 주고, 기다려 주고, 움직이게 해 주었다. 그녀는 황폐하게 버려졌다고 여겨지는 이번 삶에 즐거움과 놀라움도 있다는 것을 말해 주는 지표 같았다. 투명한 웃음을 널리 나누어 주는 사람이라니. 그런 깨끗한 표정으로 시를 쓰고 있다니.

그렇지만 그녀를 자주 만날수록 그것은 내가 만들어 낸, 나만의 착각이라는 것을 깨달았다. 내가 울고 있는 그녀의 등을 보지 않으려 했는지도 몰랐다. "같은 몸에서/ 몇 번이나 죽을 수 있다는 걸"(「옥수수 귀신」) 겪어 내는 자의 힘겨운 사투를 애써 외면했을지도 몰랐다. "절반밖에 없"(「옥수수 귀신」)는 그녀의 텅 빈 절반만을 보고 있었던 것이다. "외투 속 나는/ 정말 살아 있나?"(「옥수수 귀신」)라는 그녀의 깊은 물음에 대해 나는 함께 물어 주지 않았던 것이다. 약하고 슬픈 사람들은 언제나 크게 웃는다. 내가 이번 삶에서 겨우 알게 된 사실 중 하나이다. 침잠되어 있는 자신의 절반을 보이지 않으려고 크게 웃고, 자주 웃는다. 잘 웃을 줄 아는 사람들의 내부가 얼마나 쉽게 무너지는지 나는 그녀를 통해 다시 한번 깨닫는다.

사람들이 비난해마지 않는 그것, 적당히 좀 넘기기를 바라는 그것이 그녀 안에 있다. 사소한 일에도 깊게 아파할 수밖에 없는 영혼 같은 것. 상처를 드러내면 그것을 보는 자도 상처받을까 봐 훼손된 영혼을 깊고 깊은 내부로 숨겨버리는 것. 자신이 상처받는 것보다 자신이 누군가에게 상처를 주었을까 봐 더 아파하는 태도가 그녀의 많은 것을 쥐고 흔든다.

수영을 한다
내가 찔러서 물이 아프다

발전소에서 솟구치는 수증기처럼
나는 나를 밖으로 빼내려 해 보았다
그런 연습만 하는 하루도 있었다

해변에서 맨발로 걸었다
내가 닿아서 네가 아프다

화장실에서 자주 울었다
유령선이 떠내려오고 있었다

땡그랑땡그랑
배수관을 타고 이쪽으로 온다

하루에도 몇 번씩 세수를 한다
얼굴을 가리면서 오는
물의 속을 뒤지면

내가 만져서
물이 아프다

깜빡깜빡 불이 꺼진다

몸을 씻을 때
등을 톡톡 치는 물방울

거기 누가 들어 있나

맥박이 뛰어서

두드리며
이름을 불러서

끌려나오는

모든 물이 아프다

　　　　　　　　　　　　　—「물의 이름」

　수영을 하면서 자신이 물을 찌른다는 생각. 그래서 물이
아프다는 발견. 이러한 감수성은 어떻게 찾아오는 것일까.
맨발로 해변을 산책하는 동안 자신이 닿아서 타자가 아프
고, 하루에도 몇 번씩 세수를 하며 물의 속을 뒤지는 동안
자신이 만져서 물이 아프다는 것. 그러한 시선은 자신을
둘러싼 세계의 내부가 상처로 가득 차 있다는 인식을 더욱
확장시킨다. 사실 우리는 상처를 받는 일에 대해 예민하게
기록하며 상처투성이인 자신을 바라보는 일에 익숙하다.
그리고 상처들을 전시하는 일로 위로받고 피해자의 얼굴을
보여 주는 것에 익숙하다. 물론 그것도 소중한 발화가 된
다. 세계의 위협으로부터 우리는 늘 만신창이가 되어 가고
있으니까.

　그녀는 한 발 더 나아간다. 자신이 누군가를 향해 가는
수많은 행보가 누군가의 마음을 다치게 하는 일이 될지도
모른다는 시선. 그 시선을 구체적으로 감각화할 때 타자의
영역은 조금 더 넓어진다. 단순히 사람이 아니라 세계에 존
재하는 모든 것이 상처받을 가능성을 지닌다는 것. 그러므
로 살아가는 모든 일이 사실은 상처를 주고받는 일에 다름
없음을.

그것은 세계의 아주 작은 부분들과 우리가 모두 연결되어 있기 때문이라는 것. 그녀가 산책을 할 때마다 소소한 바람 소리에 응답하고 따뜻한 햇살에 자신을 내맡기며 나무에게 다가가 마음을 흘려보내는 평소의 태도 또한 이러한 인식에서 나온 것은 아닐까. 우리가 상처로 얼룩져 있을 때 최선을 다해 얼룩들을 '서로' 바라봐 줘야 한다는 마음 말이다.

　그러한 시선이 한없이 깊어지면서 결국 끔찍한 비명들을 목도하게 된다. 자신의 안쪽에 너무 많은 것이 머물고 있다는 발견이다. 몸속에서 끊임없이 비명을 지르고 있는 그것들을 마주하고 있을 때. "살에 대해 생각합니다 얼마나 많은 사체가 녹아 있던 흙이었을까 이 가죽 속에서 짐승들이 울고 있습니다 피가 흐르는 흙을 누가 부르고 있습니다"(「찰흙놀이」) 찰흙으로 형상을 만들면서 흙이라는 원재료 안에 있는 삶과 죽음의 반복을 발견하는 것, 그 안에 담긴 목소리를 듣는 것을 일종의 주술적 감각이라고 볼 수 있지 않을까.

　삶은 흙이라는 물질에서 시작되고 끝나며 죽음 또한 그 물질에서 시작된다. 그 안에 담겨 있는 수많은 비명은 찰흙으로 어떤 형상을 빚어내고 뭉개는 일상적 행위 안에서 사라지지 않고 남아 우리를 뒤흔들고 있는 것이다. 삶과 죽음은 같은 것이라지만, 그 틈새에서 끊임없이 흘러나오는 누군가의 비명을 받아안고 아파하는 것, 그것을 받아 적는 사람의 운명은 더욱더 고통스러운 내부를 확인시키고야 만다.

사슴이 죽었다
오늘 아침에

왜 안 끝나요
매일 묻던 사슴이었다
아무도 올라오지 않는 계단에 앉아
피를 구워 먹던 사슴이었다
복숭아 가지와
몸을 바꾸려던 사슴이었다
제 다리를 쭉 찢어 먹고 싶은
사슴이었다
흙을 파고 뼈를 묻으면
사슴다운 사슴이 열리고
그 사슴이
대신 살기를
바라던 사슴이었다
뿔과 피를 내다팔고 싶은
사슴이었다
왜 안 끝나요
집행을 시작하고 싶은 사슴이었다
아홉 번이나 다시 태어난

사슴이었다

사슴과 사슴의 등에 올라타고
썰매를 끌고 싶은 사슴이었다
뚫고 나온 자루를 돌아보던 사슴
식물을 질투하던 사슴

여기 있는 게 진짜인지
한 번씩 저를 불러 보던
사슴

사슴 아닌 사슴이
죽었다
베란다에서

——「9번」

아홉 번이나 다시 태어난 사슴은 오늘 아침에도 죽었지만, 결국 다시 태어날지도 모른다. 왜 안 끝나는지 고통스럽게 묻는 사슴의 질문은 죽었지만 또 다시 태어날 수밖에 없는 운명을 환기한다. 하나의 사슴이 죽었지만, 하나의 사슴은 태어난다. 죽었던 사슴이 태어난 그 사슴인지는 알수 없지만 우리는 삶과 죽음의 바퀴 속에서 영영 떠날 수없는 존재인지도 모른다.

계속해서 다시 태어나는 슬픔을 끊어 내고 싶은 사슴. 그러나 서로에게 상처를 줄 수밖에 없다면 우리는 결국 윤회의 고리에서 탈출할 수 없는 것은 아닌가. 여기 있는 존재가 나인지 아닌지 한번씩 확인해 보는 우리의 호명이 이렇게도 슬픈 것일 수밖에 없는 이유. 사슴으로 태어나 사슴으로 죽지만, 다시 사람으로 태어나 사람으로 죽을 수도 있게 되는, 몸을 바꾸어 영영 삶과 죽음의 수레바퀴에서 놓여날 수 없는 이 끔찍한 회전은 언제 끝이 날까.

　죽는 일과 사는 일이 반복되는 회귀의 연속일지도 모른다는 예감에 그녀는 가파른 벼랑에 위태롭게 서 있다. "내가 진흙이었을 때, 태어나지 않으려고 힘을 주던 일"(「굳은 입항아리」)은 아마도 이 회전이 계속될 수밖에 없으리라는 예감 때문에 더욱 처절한 몸짓이 된다. "진흙에서 악을 쓰는 그릇을 들어 올리"고, "잠깐 따뜻하게 감싸 줘"지만 그릇이 "너는/ 나지?"(「굳은입항아리」)라고 묻는 일. 그것은 자신 안에 너무 많은 것들이 들어와 비명을 지르고 있는 것을 받아안고 가는 '나'의 고통을 떠올리게 한다.

　비명은 단순히 사람만의 것이 아니다. 우리를 둘러싸고 있는 모든 물성의 내면이다. 시에서 등장하는 그릇처럼, 내가 그릇으로 빚어낸 영혼처럼, 세계의 내부에서 운명적으로 연결되어 있는 사물의 목소리이다. 고통과 연대되어 있는 모든 이의 목소리가 나를 둘러싸고 울려 퍼진다. 공포와 슬픔으로 가득 찬 목소리의 향연. 나는 수만 개의 목소리를 가진 사람.

사람이 죽었는데 사람을 사랑해도 될까. 밤을 두드린다. 나무 문이 삐걱댔다. 문을 열면 아무도 없다. 가축을 깨무는 이빨을 자판처럼 박으며 나는 쓰고 있었다. 먹고사는 것에 대해 이 장례가 끝나면 해야 할 일들에 대해 뼛가루를 빗자루로 쓸고 있는데 내가 거기서 나왔는데 식도에 호스를 꽂지 않아 사람이 죽었는데 너와 마주 앉아 밥을 먹어도 될까. 사람은 껍질이 되었다. 사람은 껍질이 되었다. 헝겊이 되었다. 연기가 되었다. 비명이 되었다 다시 사람이 되는 비극. 다시 사람이 되는 것. 다시 사람이어도 될까. 사람이 죽었는데 사람을 생각하지 않아도 될까. 케이크에 초를 꽂아도 될까. 너를 사랑해도 될까. 외로워서 못 살겠다 말하던 그 사람이 죽었는데 안 울어도 될까. 상복을 입고 너의 침대에 엎드려 있을 때 밤을 두드리는 건 내 손톱을 먹고 자란 짐승. 사람이 죽었는데 변기에 앉고 방을 닦으면서 다시 사람이 될까 무서워. 그런 고백을 해도 될까. 사람이 죽었는데 계속 사람이어도 될까. 사람이 어떻게 그럴 수 있어? 라고 묻는 사람이어도 될까. 사람이 죽었는데 사람을 사랑해도 될까. 나무 문을 두드리는 울음을 모른 척해도 될까.

—「사람을 사랑해도 될까」

사람의 죽음을 목격하고도 우리는 살아갈 수밖에 없다.

134

삶을 연장하기 위해, 먹고살기 위해 죽음을 애써 외면하고 묵묵히 일상을 유지할 수밖에 없다. 그것은 역으로 죽음으로 가기 위한 길이기도 하다. 삶을 연장한다는 것은 죽음을 준비하고 있다는 말과 비슷하다. 우리는 태어나는 순간부터 죽음을 향해 간다. 그리고 죽지 않는 사람은 없다.

다만 한 사람의 죽음에서 내가 나왔다는 것, 그 죽음을 외면하며 죽음으로부터 도망가려는 나의 마음을 용서해도 될까. "식도에 호스를 꽂지 않아" 죽은 사람이 있어도 "밥을 먹"는 나는, "장례가 끝나면 해야 할 일들에 대해"서 생각하는 나는 죽은 사람을 잊어 가며 살아도 될까. 죽고 난 후에도 또 다시 사람이 된다면 나는 사람이어도 될까. 그렇게 사람을 사랑해도 될까. 죽은 자들을 떠나보내지 못하고 죽음의 얼굴을 예민하게 들여다보고 있는 나의 이러한 염결성은 그녀만의 윤리의식일지도 모른다. 죽은 이들을 곁에 두는 것, 살아 있는 자의 안위만을 생각하는 자신을 뼈아프게 돌아보는 것. 그것이 염결성을 가진 그녀만의 애도는 아닐는지. 사람이어서 불행하지만 그럼에도 불구하고 사람으로 다시 태어날 수밖에 없다면 그 불행마저도 사랑할 수밖에 없는 것은 아닌가. 그래서 사람을 사랑하는 일이 위대하면서도 비극적인 것은 아닌가.

그녀의 사랑에 대해 나는 잘 모른다. 물론 우리는 소소하게 서로의 사랑에 대한 이야기를 주고받는 관계이다. 그렇지만 우리가 서로의 사랑에 대해 잘 알고 있다고 말할 수 있을까? 몇 가지의 이야기가 사랑의 깊은 내부에 대해서 말해 준다고 볼 수는 없을 것이다. 다만 자신의 상처보다 자신이 주었을 상처에 대해 더욱 많은 고민을 하는 그녀의 성정을 볼 때, 사랑의 격렬한 투쟁 속에 얼마나 취약하게 내던져져 있을지 짐작이 간다.

욕조 위에 바위가 떠 있다 바위엔 얼어 버린 동물과 참고 참고 참아서 쌓인 사람들

식어 가는 물속에서 누가 누굴 사랑하는지 모른 채, 우리의 무릎이 닿는다

(……)

나는 애인을 만지는 언니를 만진다

돌멩이가 떨어진다

서로에게
저를 던지면서
충돌한다

우리는 다 저기서 떨어졌으니까

어차피 하나였으니까

오늘은 가지 마요 언니

살점이 떨어져도

사랑은 해야 하니까

가까이,

제일 가까이 있어요

　　　　　　　　　　　——「돌 저글링」에서

　욕조 안에는 세 사람이 있다. 애인과 애인을 만지는 언
니와 나. 내 사랑은 위협받고 있다. 사랑이 둘 사이의 일이
라면 그렇다. 둘이 하나가 되는 일이라면 그렇다. 둘은 서로
에게 다가가 하나가 되기를 원한다. 그러나 둘은 영원히 하
나가 되지 못한다. 그것이 사랑의 속성이다.

　사랑은 차이에서 비롯된 세계를 경험할 수 있다는 사실*
을 알려 주며, 이를 통해 시련을 받아들이고, 고통을 감수
하는 모험을 만들어 내는 장이다. 사랑은 차이에 대한 근
본적인 경험을 만들어 내려는 지점들, 예컨대 차이의 관
점을 시험할 수 있을 것이라는 사유 안으로 우리를 데려

* 알랭 바디우, 조재룡 옮김, 『사랑 예찬』(길, 2010), 27쪽.

간다.* 물론 이것은 둘 사이의 일이 확장되어 가는 과정에서 벌어지는 여정이다. 우리는 때로 감당하기 힘든 함정에 빠져 있다는 것을 알면서도 지옥 속으로 들어간다. 그것이 파탄의 지점일지라도, 우리는 멈출 수가 없다. 우리는 그 속에 매몰되고 파묻힌다.

그러나 '나'는 무기력하게 파묻히는 일보다 고통의 살점이 떨어지는 와중에도 기묘한 연대를 시작한다. 처음의 둘로부터 벗어나 사랑이라는, 상처투성이 참호에 갇힌 또 다른 존재에게 손을 내민다. 강렬한 증오로부터 시작된 이상한 애착은 서로가 서로에게 자신을 던지면서 상처의 연대를 만들어 낸다. 이것은 이해도 아니고, 용서도 아니다. 사랑이 가지고 있는 날카로운 폭력성이자 그것에 모두가 상처받을 수밖에 없는 운명을 포함한다. 손쉬운 용서의 방식이거나 증오의 방식이었다면 그 안에 담긴 고통은 희미해지고 말 것이다. 하지만 나의 기묘한 연대는 우리를 더욱 서늘한 슬픔으로 끌고 간다. 자신이 받은 상처에서, 또 다른 존재가 받을 상처에 대한 마음으로 이어지는 그녀만의 예민한 촉수가 연대의 장면을 이끌어 낸 것이다. 용서와 증오보다 더 괴로운 이 막막한 장면을 뭐라고 해야 할지.

차이를 지닌 둘이 만나 하나가 되고 싶어 하는 불가능

---

* 위의 책, 27쪽.

한 욕망은 혼자라는 두려움에서 촉발된 것인지도 모른다. 그러므로 우리는 사랑의 불가능성을 더욱 절실하게 체험한다. 내 사랑의 주된 적, 바디우는 이렇게 말한다. 내 사랑의 주된 적, 내가 쓰러뜨려야만 하는 것은 타인이 아니라 바로 나, 차이에 반대되는 동일성을 원하는 차이의 프리즘 속에서 방황하는 나, 걸러지고 구축된 세계에 반대하여 자신의 세계를 강요하려는 '자아'라고. 하지만 우리는 그 자아를 손쉽게 버릴 수가 없다. 차이를 지닌 둘보다 차이를 최대한 없앤 하나가 되고 싶다. 그것은 불가능하고 우리는 고통받는다. 사랑은 광포한 전쟁이며 극복할 수 없는 참혹한 여정이다.

그럼에도 불구하고 우리는 사랑을 한다. 사랑은 결핍을 가진 존재들이 끊임없이 서로를 끌어안으려는 노력이고, 사랑의 과정은 삶을 재발견하게 만들어 주기 때문이다. 우리는 사랑을 통해 자신의 고통이 타인의 고통과 연결되어 있다는 것을 느끼게 된다. 사랑 따위는 필요 없지만, 사랑 따위를 또 바라고 있는 우리의 마음이란 그렇게 약하고 슬픈 것이다.

고통을 받아 적는 사람, 그녀는 사랑과 고통의 수레바퀴에서 묵묵히 자신의 할 일을 한다. 돌고 도는 이 모든 상처들은 기록됨으로써 의미를 지니는 것이다. 저번 생과 다를 바 없고 다음 생에도 다를 바 없을 것 같은 사람의 일이지만, 이번 생에서 그녀는 고통의 무늬들을 충실히 기록한다.

그것이 이번 생의 의미일지도 모른다.

　나는 그 길 위에 함께 서고 싶다. 그 막막한 일들을 함께 견뎌 내고 싶다. 그녀는 큰 소리로 웃으면서 나의 손을 잡을 것이다. 우리는 함께 서로의 손을 잡고 있을 것이다.

지은이   손미

대전 출생. 2009년 《문학사상》으로 등단했다.
시집 『양파 공동체』, 산문집 『나는 이렇게 살고 있습니다 이상합니까?』가
있다. 김수영 문학상을 수상했다.

사람을 사랑해도 될까

1판 1쇄 펴냄 2019년 5월 17일
1판 10쇄 펴냄 2024년 6월 19일

지은이 손미
발행인 박근섭, 박상준
펴낸곳 (주)민음사

출판등록 1966. 5.19. (제16-490호)
서울특별시 강남구 도산대로1길 62(신사동)
강남출판문화센터 5층 (06027)
대표전화 02-515-2000 / 팩시밀리 02-515-2007
www.minumsa.com

ⓒ 손미, 2019. Printed in Seoul, Korea

ISBN 978-89-374-0876-2 04810
      978-89-374-0802-1 (세트)

* 이 책은 2019년 서울문화재단 예술가 지원사업 문학 창작집 발간지원 수혜를 받았습니다.
* 잘못 만들어진 책은 구입처에서 교환해 드립니다.

민음의 시

민음의 시
목록